Herr Porz
denkt einen ganzen Tag über die Freiheit nach

Buch

Der Titel sagt alles. Hinzu kommt nur noch eine Landschaft und eine Frau; eine weise Heilige.

Autor

Markus Sprehe wurde 1960 in Lechtingen, einer kleinen Gemeinde nahe bei Osnabrück geboren. Er lebt heute mit seiner Frau, dem Kater Janosch und zwei erwachsenen Kindern in der Stadt Bramsche.

Herstellung und Verlag: BoD - Books on Demand, Norderstedt
Copyright © 2016 Markus Sprehe
Umschlaggestaltung: Markus Sprehe
Gesetzt in der Garamond

www.markus-sprehe.de

www.bod.de

****

ISBN-13: 9783743141971

Herr Porz
denkt einen ganzen Tag über die Freiheit nach

Eine Erzählung von
Markus Sprehe

-1-

Er kam nicht als Tourist. Herr Porz hatte einen geschäftlichen Termin. Dabei war es sein Verhandlungspartner gewesen, der auf diesen ungewöhnlichen Ort insistierte. Und weil es um viel Geld ging, ja, man könnte meinen, dass sich dieses Zusammentreffen für Herrn Porz' Zukunft als richtungweisend entpuppen konnte, hatte er keine Einwände erhoben.

Er nahm die siebzig Kilometer weite Überfahrt von Cuxhaven in Kauf. Für einen Rheinländer ein durchaus mutiges Unterfangen. Zwei Stunden schändlicher Übelkeit lagen hinter ihm; wie entschädigend war aber der sich bereits aus der Ferne bietende Anblick: Ein roter Felsgigant, verwaist im schlickigen Meer; aus ihm steil aufragend, sich gebärdend wie ein Gigolo, gefeiert von den tanzenden Wogen der See.

Das Rauschen des Südwestwinds und das schrille Geschrei der gierigen Möwen durchdrangen Herrn Porz' Gehör. Im Südhafen ging er an Land und unterbrach seinen Gang nach wenigen Schritten auf der Kaje. Den Reisekoffer stellte er neben sich ab, um sein beigebraunes, kariertes Jackett zu richten. Dann sah er sich um und starrte noch einmal aufs Meer hinaus. Er schüttelte den Kopf, damit der leichte Schwindel, der ihn überkam, verschwinden würde.

Hätte er seinen Termin nur zehn Tage früher wahrnehmen müssen, so wäre das Seebäderschiff nicht in den Hafen direkt eingelaufen, sondern hätte außerhalb auf Reede gehen müssen. Während der Wintersaison von Oktober bis März verkehrte nur ein Seebäderschiff mit geringem Tiefgang, die *Knud Knudsen*. Sie fuhr den Südhafen direkt an. Das ersparte Herrn Porz das Ausbooten.

‚Das hätte ich nicht überlebt‘, dachte sich Herr Porz. In einem Gefühl der Erleichterung, aber auch, weil die Sonne noch kräftig wärmte, wischte er sich mit seinem Taschentuch den Schweiß von der Stirn. Hier stand er also auf der geschichtsträchtigen Insel Helgoland.

Beeindruckt, jedoch auch ungläubig stellte er für sich fest: ‚Auf einen solchen Ort für eine Geschäftsverhandlung kann auch nur ein Engländer kommen.‘

In der Tat hatte Herr Porz die Strapazen der Überfahrt wegen eines Mister Brannagh auf sich genommen, der, genau betrachtet, aus Wales stammte, was Herr Porz aber nicht über gewichten wollte. Für ihn waren die Menschen von der Insel ausnahmslos Engländer. Sie sprachen eine Sprache, die sie in der Schule neben ihrem häuslichen Kauderwelsch beigebracht bekamen. Was sollte man da unterscheiden zwischen Engländern und Walisern (oder Schotten)?

Linker Hand sichtete er vor Anker liegende Boote und Segelschiffe, vor sich den kalkweißen Südstrand, der in einer leichten, gezogenen Kurve

nach Westen verlief. Dahinter machte er die Promenade aus, gesäumt von Hotels, und in deren Rücken nach Norden baute sich die steile Scholle des Oberlandes auf, prächtig und imposant zugleich.
Dies also waren die ersten Eindrücke, die Herr Porz gewann, als er sich fragte, ob Mister Brannagh vielleicht vorher bereits einmal hier gewesen war: „Ein schönes Fleckchen Erde, fürwahr", nuschelte er, und kaum, dass er es ausgesprochen hatte, huschte ein bescheidenes Lächeln über sein Gesicht, „wie dumm von mir", gestand er sich ein, „ein Felsmassiv diesen Ausmaßes mit Erde zu umschreiben."
Herr Porz legte nun einmal Wert auf Feinheiten. Er selbst wollte sich so verstanden wissen. Jeglicher Verdacht von Oberflächlichkeit, sofern er gegen ihn gerichtet sei, wäre ihm unangenehm gewesen. Dass er hingegen so unkompliziert alle Bewohner der britischen Insel zu Engländern machte, stellte für ihn keine Oberflächlichkeit, als vielmehr eine Richtigstellung dar. So war er, Herr Porz, er wusste nun einmal eine ganze Menge; war ein emotionaler Mensch, der am liebsten logisch dachte.

-2-

Sankt Nicolai läutete zur Mittagsstunde, als Herr Porz das Foyer des Hotel *Stadt Hamburg* betrat, das an der Promenade gelegen war. Nach kurzer Orientierung bewegte er sich auf den Empfang zu, wo er von einem groß gewachsenen Concierge mit einem roten, hochgezwirbelten Schnurrbart begrüßt wurde, der auffällig blass im Gesicht, aber penibel glatt rasiert und überdies adrett gekleidet war. Einem Herrn Porz, der Oberflächlichkeit nicht leiden mochte, konnte nicht entgehen, wenn sich Jemand auf gepflegte Garderobe verstand. Der hagere Concierge, den Herr Porz auf etwa Fünfzig taxierte, hatte seine königsblaue Krawatte zu einem formvollendeten Victoria-Knoten gebunden.
Deshalb zog Herr Porz ein wenig die Mundwinkel hoch, wodurch sich ein Grübchen auf seiner rechten Wange bildete -ein untrügliches Zeichen für Anerkennung- bevor er dem Concierge seinen Namen nannte: „Porz. Ottmar Porz", sagte er.
Der Empfangschef musterte ihn daraufhin, hob fast unmerklich eine seiner roten Brauen und sah dann in sein Buch, als wollte er das Gesicht mit einem Foto abgleichen. Herr Porz schielte über den Tresen, erhaschte einen Blick in das aufgeschlagene Buch, erkannte dort jedoch keine Fotografien, nur Namen und nahm wieder Haltung an.

„Ah, Herr Porz", bestätigte der Concierge. Dabei zeigte er mit dem Zeigefinger auf eine Stelle in seinem Buch: „Ja, selbstverständlich, Herr Porz. Zwei Übernachtungen. Ist das richtig?"
So hatte es Herr Porz gebucht und gab dies zu verstehen. Den Concierge interessierte nun, ob Herr Porz bereits zuvor einmal Gast im Hotel Stadt Hamburg gewesen sei.
„Gott bewahre!", entfuhr es Herrn Porz, was ihm einen verwirrten Blick des Concierge einbrachte, woraufhin Herr Porz entschuldigend mit den Händen wedelte und sich auf seine rheinische, hemmungslose Art über die ihm eigene Neigung zur Seekrankheit in ausgeprägter Form äußerte.
Der Concierge nickte kommentarlos und ließ Herrn Porz den Anmeldezettel ausfüllen. Während dieser Prozedur erklärte er die Gepflogenheiten des Hauses. Dann überreichte er Herrn Porz den Zimmerschlüssel, erklärte den Weg und verabschiedete sich vorerst mit den Worten: „Falls Sie Fragen haben, oder für den Fall, dass es etwas zu beanstanden gibt, stehe ich gern zur Verfügung. Mein Name ist Hansen. Nun, Herr Porz, wünsche ich Ihnen einen angenehmen Aufenthalt auf unserer Insel. Das Wetter soll sich halten."
Herr Porz legte zum Gruß zwei Finger an die Schläfe: „Ay Ay", sagte er schelmisch und sah auf das Namensschild am Jackett des Concierge. Emil Hansen stand dort in schwarzen Lettern auf Messing. Ein alter nordischer Name, den er sich einprägen wollte.

Wie er vor dem Spiegel stand, um sein volles, links-gescheiteltes, vom zurrenden Wind auf der Kaje etwas angegriffenes Haar zu richten, verharrte er für einen etwas ausführlicheren Blick auf sich selbst. Kurz streckte er die Zunge heraus: Lebendig rot. Kein Belag. Die Zähne glatt. ‚Das kann sich sehen lassen', mutmaßte Herr Porz und schrieb dem dezenten Gelbstich eine heimelige Noblesse zu. ‚Die Partie zwischen der Nasenwurzel und der Oberlippe ist kürzer als gewöhnlich', sagte er sich zum tausendsten Mal und erklärte sich mit den buschigen Augenbrauen einverstanden, die seine strahlenden grau-blauen Augen beschatteten. Glückselig stellte er fest, dass seine Gesichtsfarbe -und besonders nun durch den Einfluss der salzigen Luft- die Frische des Lebens bezeugte und nicht annähernd das leichenhafte Aussehen des Concierge Emil Hansen hatte, den er plötzlich ein wenig bedauerte, dann aber den Gedanken schnell vertrieb. ‚Das kann sich sehen lassen', konstatierte Herr Porz noch einmal. Er fand sich mit seinen achtundfünfzig Jahren durchweg annehmbar und bestaunte nun das kleine Grübchen auf der rechten Wange: ‚Das hat mir die Mutter hinterlassen'.

Ein wenig gerührt trat er aus dem Bad in sein Zimmer und genoss, vor der Fensterfront stehend, eine Weile das flach einfallende gleißende Sonnenlicht. Und weil ihm dies so gut gefiel, entschloss er sich entgegen seiner ersten Überlegung, er könne ein wenig auf dem Bett ausruhen, für einen Gang über die Insel. Sie sollte doch nicht so groß sein. Ein wenig unsicher sah er sich um. „Es wird frisch sein", murmelte er, „da oben", fügte er hinzu und dachte an das Oberland, das er sich als flache, ungeschützte Ebene vorstellte. Herr Porz war niemals hier gewesen (wie er bereits Herrn Hansen erklärt hatte).

‚Die Sonne treibt ihr Gaukelspiel, ich will mich nicht blenden lassen', dachte Herr Porz und entdeckte amüsiert die Zweideutigkeit des Gedankens. Unwillkürlich griff er nach seinem Mantel und dem Schal. Beides hatte er bereits in den Kleiderschrank gehängt.

Vor dem Fahrstuhl wartend wurde er gewahr, dass ihm seine *Stetson*-Schirmmütze von Nutzen sein könnte. Doch als er bereits im Begriff war, sich abzuwenden, zögerte er. Ihm kam in den Sinn, dass die Dame, die neben ihm stand und ebenfalls den Aufzug erwartete, einen falschen Schluss ziehen könnte: „Entschuldigen Sie", bemerkte er deshalb, was ihm einen verwunderten Blick der Frau einbrachte. Herr Porz zeigte auf seinen Kopf: „Ich habe meine Mütze vergessen."

Mit einem dezenten Räuspern drehte er sich um und schritt den Gang entlang, wobei ihm die Dame mit der blonden Mähne verträumt nachsah. Als Herr Porz seine Tür geöffnet hatte und noch einmal herüber schaute, stand die Dame nicht mehr dort.

Die Eingebung war aufgrund seiner kurzen Abwesenheit abstrus, aber Herr Porz sagte sich in diesem Moment, als er das noch ungewohnte Zimmer betrachtete: ‚Es hat sich nichts verändert'.

Ohne Hast holte er die Schirmmütze aus seinem Reisekoffer und machte sich sogleich erneut auf den Weg.

Vor dem Hotel streckte Herr Porz die Nase in den Himmel und sog einmal ganz tief die vom Geschrei der Möwen erfüllte Seeluft ein. Als er auf die Hafenbucht schaute, bemerkte er unweit auf einer Bank sitzend die Dame vom Fahrstuhl, die nun auch ihn aufmerksam wurde.

Herr Porz sah, wie sie ihm zuwinkte und dann mit ihrer Hand kreisende Bewegungen über ihrem Kopf vollzog. Fragend neigte er den Kopf und begriff: Die Schirmmütze. Sie fragte sich wohl, wo die Mütze war. Er hielt sie noch in der Hand.

Mit lautem Lachen streckte er sie in die Höhe und zeigte mit der anderen Hand darauf. Die Frau erwiderte, indem sie mit dem Zeigefinger auf ihre Mähne wies. Sie schien amüsiert; vielleicht, weil sie die Reaktion des Herrn (er hatte sein Lachen abrupt eingestellt) als Zeichen dafür deutete, dass er sie nicht verstand.

‚Was meint sie', dachte Herr Porz, ‚habe ich Etwas auf meinem Kopf'?

Und schon wieder tippte sie sich auf die Mähne. Ach, jetzt zeigte sie auf seine Hand. Aber natürlich. Er knallte sich die flache Hand vor die Stirn und brach erneut in Gelächter aus. Es war nicht ein Etwas auf seinem Kopf, nein, vielmehr fehlte da was. Sogleich setzte er seinen *Stetson* auf und rückte ihn zurecht. Und tatsächlich: Die Dame, die nach wie vor auf der Bank verweilte, nickte ihm zu und stellte, offensichtlich zum Zeichen ihres Einverständnisses, den Zeigefinger hoch. Ihr Blick nahm wieder diese seltsam verträumte Note an, die Herr Porz an dieser Stelle zum ersten Mal registrierte (Zuletzt hatte sie ihm noch nachgesehen). Für einen weiteren Moment entgegnete sie seinen Blick, ehe sie ihren Kopf wieder dem Treiben im Hafen zuwandte.

Die Dame bemerkte nicht mehr Herrn Porz Winken, der sich jetzt nach Westen wandte. Sein Plan war der, nicht einen der Aufzüge zu nehmen, die auf das Plateau hinauf fuhren. Ihm schwebte vor, die Insel ohne Hilfsmittel zu umrunden.

-3-

Herr Porz ging ein kleines Stück an der Häuserzeile entlang, bis er nach rechts einbog, um auf einem schlängelnden Weg den oberen Rand des Felsmassivs zu erklimmen. Oben angekommen, verschnaufte Herr Porz ein wenig und gönnte sich einen Rundblick. Er war von grünem Land umgeben. Linkerseits schaute er hinab in eine naturbelassene Senke. Im Westen rollten tief unter ihm die Wellen auf das Schwemmland. Zum Norden breitete sich eine baumlose, grün bewachsene Ebene aus, die in fünfhundert Metern Entfernung abrupt im Königsblau des Firmaments endete. Nicht weit vor sich machte er den robusten, geziegelten Leuchtturm aus, der so manchem Sturm getrotzt haben mochte, wie sich Herr Porz ausmalte, aber nun im frischen, sanft böigen Wind des Tages Erholung fand.

Nachdem er die belebende Luft zur Genüge in tiefen Zügen ein- und ausgeatmet hatte, wobei sich sein Brustkorb mächtig aufblähte, begann er, einer Intuition folgend, seinen Rundgang in östlicher Richtung. Mit Entschlossenheit schritt er auf die ersten Gebäude der nahen Oberstadt zu.

‚Was habe ich eine Energie in mir', stellte er fest und war erstaunt. ‚Keine Spur von altem Eisen', bemerkte er anerkennend. Schon stampfte er auf ein erstes Haus linkerhand zu und drosselte nun doch sein Tempo in einen schlendernden Gang. Neugierig ließ er seinen Blick darauf verweilen, man könnte denken, für einen etwas ausgedehnteren Zeitraum, als es jenem Exemplar architektonischer Sparsamkeit zugestanden hätte. Hier deutete Herr Porz lediglich an (ohne dies bewusst zu tun), dass er eine schöne Zeit hatte, die ihm die Muße vergönnte, dem Schlichten Beachtung zu schenken. Wir wissen, dass Oberflächlichkeit Herrn Porz Untugend bedeutete. Wie also hätte er einen Rundgang ohne Interesse für die Einzelheiten anders als lax, ja, geistlos empfinden können.

Herrn Porz wäre der Aufwand, den er dieser Expedition zugestand, wie Verschwendung vorgekommen, hätte er irgendwann erkennen müssen, dass ihm ein solch bedeutendes Detail, wie es die Erkenntnis war, dass die Architektur der Insel ausschließlich funktionell, nicht aber schmuckvoll und verspielt war, verborgen geblieben wäre. Genaugenommen war innere Ruhe einem Herrn Porz immer dann möglich, wenn er seinen Geist ohne Störung selbst auf vermeintliche Nebensächlichkeiten lenken konnte. Dies war dann der Fall, wenn gerade niemand zur Stelle war, um die Ereignisse des Lebens von wichtig nach nichtig zu skalieren.

Endlich wandte er sich nach rechts. Sein Weg, der am Rand der Siedlung verlief, wagte sich bedrohlich nah an die südliche Felswand heran. Als er sich mit seinen Händen auf die knapp meterhohe Betonmauer stützte und hinabsah, erschrak Herr Porz. Er schnellte zurück, drehte sich gar ab, doch

fasste er sich. Die Karte, die er vor der Reise studiert hatte, vermochte nicht den Höhenunterschied zu veranschaulichen. Vorsichtig, nun vorbereitet, wurde sein Blick erneut in die Tiefe gelenkt. Direkt unter sich, am Fuß der Felswand reihten sich, säuberlich angeordnet, einige Wohnhäuser aneinander. Herr Porz schaute auf die zum Teil rot und anthrazit belegten Dächer. Die Putzwände waren uneinheitlich in Gelb, Grün, Rot oder Blau gestrichen. Bäume, die inzwischen ihr Laub verloren, beschützten die kleinen Gärten an der Felswand vor den interessierten Blicken des Herrn mit den buschigen Brauen, der seinen Kopf über die Mauer reckte und mit einer Hand die *Stetson*-Schirmmütze auf den Kopf drückte, damit sie nicht in die Tiefe fallen konnte.
Als Herrn Porz ein wenig schwindelte, richtete er sich auf. Nur wenige Meter entfernt machte er eine unbesetzte Bank aus: ‚Ich habe keine Zeit im Nacken', sagte er sich, ‚ich will mich ein wenig setzen und aufs Meer hinausschauen'.
Ein Paar in gesetzterem Alter, er mit *Prinz-Heinrich*-Mütze, Hornbrille und beiger Windjacke, sie auffällig mit Knickerbockern und Wanderstiefeln, sportlich schlank, hatten sich ebenfalls der Bank genähert. Als Herr Porz der beiden gewahr wurde, lud er sie mit einer ausholenden Handbewegung ein, sich mit ihm zu setzen: „Die Bank ist groß genug", tönte er und brach nach kurzer Stille in schallendes Gelächter aus. Er war nicht gewohnt, dass man ihm eine Antwort vorenthielt. Seine Verlegenheit entlud sich in geradezu eruptie-

rendem Lachen. Die Frau schien nun erst recht verstört. Mit unsicherem Kopfschütteln hakte sie sich bei ihrem Begleiter ein und zog ihn eilig mit sich fort.
Herr Porz blickte dem Paar eine Weile nach: „Was haben sie denn nur? Oder…, oder habe ich etwas? Habe ich was im Gesicht?"
Er rieb sich mit beiden Händen über die Wangen. Dann lachte er wieder, zunächst leise in sich hinein, dann wieder gellend. Leute, die an ihm vorüberzogen, zeigten unterschiedliche Reaktionen. Sie ließen sich anstecken und zu lustigen Äußerungen hinreißen, andere eher vertreiben. Doch dann verstummte Herr Porz. Endlich nahm er Platz, kramte ein Taschentuch hervor und wischte sich die erhitzte Stirn.
Möwen kreuzten über dem Wasser des Hafenbeckens. Regungslos schaute Herr Porz, mit vor der Brust verschränkten Armen, über den Rist der Mauer aufs Meer hinaus, lauschte dem fernen Kreischen der Vögel und stellte die banale Behauptung auf, das die Vögel doch ‚ach so frei' seien.
‚Sie fliegen, wie sie wollen, wann sie wollen und wohin sie wollen', dachte er, ‚nach Niemandem müssen sie sich richten'.
In dem Moment herrschte über dem Hafen kurz der Wind auf. Herr Porz registrierte, dass eine Schar Möwen scharf aufs Meer abgetrieben wurde. Das machte ihn nachdenklich. Das warf schließlich alles über den Haufen, was er soeben daher geredet hatte. Seine Beobachtung stellte, das

erkannte Herr Porz ganz plötzlich und unwiderruflich, einen klaren Beweis für die Unrichtigkeit der volkstümlichen Meinung dar. Vögel waren entweder gar nicht so frei, oder der Begriff Freiheit musste neu definiert werden.

Herr Porz schüttelte sich: ‚Das ist Philosophie, Ottmarchen, kaum kommst du mal raus aus dem Trott, schon fängst du an zu spinnen'.

Gerade wollte er sich an die Stirn tippen, da fragte eine Stimme: „Entschuldigen Sie, darf ich mich setzen?"

‚Ein leicht rauchiges, brustbetriebenes Kolorit in Moll', konstatierte Herr Porz. Er hielt inne und sah nach links. Sodann sprang er von der Bank auf. Dort stand die Dame, die im selben Hotel wohnte, die ihm vor dem Haus auf der Bank zugewinkt hatte mit ihrer blonden Mähne, die sie nun mit einem Stirnband im Zaum hielt.

Wortlos betrachtete sie der sonst keinesfalls zurückhaltende Mann. Er bemerkte erst hier ihren schwarz-weiß karierten modischen Mantel, der bis knapp zu den Knien reichte, die bezaubernden Ohrringe, die nun, da ihr Haar vom Band zurückgehalten wurde, sichtbar waren. Der Hals verhüllt durch einen roten Schal, die Hände durch feines Nappaleder.

Die Dame zog sichtlich amüsiert die linke Braue ein wenig hoch. Herr Porz besann sich. Sein Lachen war ein Poltern: „Aber bitte, entschuldigen Sie, …aber ja. Selbstverständlich. Bitte", sagte er und zeigte auf den Platz neben seinem: „Bitte, nehmen Sie Platz."

Er wartete, bis die Dame seiner Aufforderung gefolgt war, ehe er sich selbst hinsetzte. Man sah eine Weile aufs Meer. Die Dame erahnte, dass Herr Porz nicht so gedankenverloren war, wie er sich zu geben schien. Sein Blick war zu bewegungslos, er war geradezu versteinert. Nur das volle Haar, das unter der Mütze hervor lugte, bewegte sich im Wind.

Ihre Augen waren ihm nur eben so leicht zugewandt, dass es Herr Porz nicht wahr nahm. In einer flüchtigen Anwandlung von Koketterie schlich sich ein Schmunzeln in ihr Gesicht. Sie fühlte sich attraktiv, und das war ein schönes Gefühl, aber es war auch hochmütig von ihr, sich darauf etwas einzubilden. Sie wollte überhaupt nicht so empfinden, und in der Tat war es nicht so, dass die Dame tagtäglich und ständig mit ihrer Nase nach oben gerichtet durch die Welt lief. Aber in Situationen, wie dieser, ein Mann vermied, sie offen anzusehen, um seine Verwirrung nicht zu verraten, da wurde sie sozusagen überfallmäßig von dieser unerwünschten Eitelkeit umschlossen, wie eine Puppe in ihrem Kokon, und sie fühlte sich wohl dabei. Doch dann spürte sie ein Verlangen nach Befreiung. Das Schmunzeln erlosch. Es wich einem verträumten Blick.

„Ein schöner Tag heute", brach Herr Porz das Schweigen, lehnte sich ein wenig nach vorn und drehte sich der Dame zu. Dabei legte er den linken Arm auf die Rücklehne der Bank.

Sie zog fragend die linke Braue hoch. Herrn Porz schwante, dass die Dame sich fragte, ob er vom

Wetter sprach, und obwohl er nun gar nicht mehr sicher war, ob nur der Sonnenschein ihm diese Feststellung entlockt hatte oder vielleicht auch ihre unverhoffte Gesellschaft, versicherte er, dass zu dieser Jahreszeit keineswegs Sonnenschein garantiert sei.

„Ja, wenn Sie das so sehen", antwortete sie freundlich und hob den Zeigefinger, als wollte sie zu einer ausführlichen Erklärung ausholen: „Garantiert ist Sonnenschein hier leider zu keiner Zeit, und ebenso, bedenken Sie, wir haben kaum Mitte Oktober, ist Sonnenschein auch nicht ganz unwahrscheinlich, oder? Aber zweifellos ist das ein schöner Tag. Da stimme ich Ihnen gerne zu."

Herr Porz lachte beherzt: „Da stimmen Sie mir zu, ja, das ist gut", tönte er, um gleich darauf leise zu fragen: „Sie haben hoffentlich nichts dagegen, dass ich Sie angesprochen habe?"

„Oh, nein", erwiderte die Dame, „und genau genommen", fuhr sie fort, „habe ich doch Sie gefragt, ob ich mich setzen darf, stimmt das nicht?"

„Ja, das ist nun auch wieder wahr", bestätigte Herr Porz nachdenklich. Die Frau schien ihm klug zu sein. Sie hatte sich unter Kontrolle, war voll auf der Höhe. ‚Bezaubernd', ging ihm durch den Kopf.

„Sie sind Heute angekommen, ist das richtig?" Die Dame sah ihn offen an.

„Oh, das haben Sie gesehen?"

„Nein, das nicht", wehrte die Dame ab. Sie wollte nicht neugierig erscheinen: „Aber ich habe Sie bisher nicht im Hotel bemerkt. Es ist ja nicht rie-

sengroß, so denke ich, und da läuft man sich schon mal über den Weg. Ist also meine Vermutung richtig?"
Herrn Porz rechte Wange wies ein Grübchen auf, als er sagte: „Ja, Sie haben vollkommen recht. Und jetzt sind wir uns bereits dreimal über den Weg gelaufen. Herrlich."
Die Dame lächelte mit gesenktem Blick. Hier nun wirkte sie geradezu bescheiden.
„Dann sind Sie wohl schon länger hier auf der Insel?"
Die Dame bedachte sich kurz, ehe sie Auskunft gab: „Ich bin seit Sonntag hier, vier Tage. Und, wenn ich das recht bedenke…, dann hatte ich nur am ersten Tag etwas Regen."
„So habe ich das schöne Wetter doch wohl Ihnen zu verdanken", brach es aus Herrn Porz hervor. Er lachte: „Ja, wenn Engel auf Reisen gehen."
Er erkannte, dass diese Äußerung vielleicht unpassend war. Man kannte sich kaum. Schnell fügte er hinzu: „Das sagt man bei uns so. Kennen Sie nicht?"
„Oh, doch", bestätigte die Dame, „das wird wohl überall gesagt."
Beide beobachteten sie für eine angenehme Weile die Vögel, die über dem Wasser kreisten, bis die Dame aufstand: „Ich möchte dann weiter gehen", sagte sie. Sie hatte sich neben der Bank aufgestellt und wartete auf eine Reaktion des Herrn Porz. Sie konnte nicht einfach so von dannen ziehen, das war ihr bewusst, nun, da einige wenige Worte gewechselt worden waren.

„Tatsächlich?", erwiderte Herr Porz und es klang eine leichte Enttäuschung heraus: „Gehen sie den Rundweg?" Herr Porz entschuldigte sich sogleich. Er wollte der zierlichen Dame nicht zu nahe treten, oder doch wenigstens nicht den Eindruck erwecken, dies könnte ihm im Sinne liegen.

„Ich gehe jeden Tag den Rundweg", erklärte sie unterdessen ohne Scheu, wobei sie ihr Haarband richtete und an ihm vorbei sah.

„So? Nun, wie lang ist denn dieser Gang und,… ist er angenehm zu gehen?"

„Oh", entgegnete die Dame eifrig, „ja, der Weg ist befestigt. Die Felswände fallen schroff ab. Das ist sehr eindrucksvoll anzusehen, aber der Weg ist gut zu gehen. Und es dauert nicht länger als eine gute halbe Stunde, wenn sie nicht verweilen. Aber das werden sie. So viel zu sehen, ach ja, so viel Natur. Sie waren wohl noch niemals auf der Insel?"

Herr Porz erhob sich nun auch. Er sagte: „Ich fürchte, nein. Durchaus habe ich mich ein wenig über die Landschaft hier informiert", versuchte er sich zu entschuldigen, als wäre dies nötig, doch die Dame sah ihn nur offen an. Sie dachte in dem Moment, dass es nicht an ihr sei, dem Mann eine Führung anzubieten, obwohl es ihr nicht unangenehm wäre. Er trug ein solch heiteres Wesen zur Schau, das ihr geeignet schien, der eigenen oldenburgischen Gemächlichkeit ein wenig beizukommen. ‚Aber nein', überlegte sie, ‚er müsste schon wagen, …'

„Na dann", sprach sie, „ich geh dann mal" und setzte sich lächelnd in Bewegung.

„Ay, ay", stieß Herr Porz mit breitem Grinsen zackig hervor und riss die Finger an die Schläfe.

‚Eine nette Erscheinung', stellte er fest, als er der Dame nachsah, die sich, mal nach hier, mal nach dort und auch in den Himmel schauend bedächtig entfernte. Er öffnete den Mund, war einen Moment unbedacht und wollte ihr etwas hinterher rufen. Früh genug aber spürte er hinter sich die kleine Gruppe Pensionäre, die an ihm vorüber wanderte. Also räusperte sich Herr Porz und sprach mit auf die Brust gesenktem Kinn in sich hinein: „Ob es ihr Recht gewesen wäre, wenn ich mich ihr anzuschließen angeboten hätte?"

Er zog seine *Stetson*-Mütze etwas tiefer in die Stirn und schlenderte in östlicher, dann in nördlicher Richtung an den Häusern vorbei, bis er auf freies Feld kam.

-4-

Herr Porz, der Oberflächlichkeit verabscheute, kam, jetzt, da er wieder mit sich allein war, ohne große Mühe auf seinen unterbrochenen Gedankengang zurück.

Waren sie nun frei, die Vögel, fragte er sich, oder waren sie es nicht; und was bedeutete Freiheit. Konnte man auf logische Weise zwischen frei und unfrei unterscheiden, wie das Ergebnis einer mathematischen Rechenaufgabe mit richtig oder falsch zu bewerten war?

Vielleicht, so ging ihm durch den Kopf, war die Freiheit, die doch in ihrer Eigenart so schlicht, so losgelöst von Ballast sein sollte, um ein vielfaches komplexer, als anzunehmen war.

‚Ich kann mich zum Beispiel geradeaus nach vorn bewegen', erklärte sich Herr Porz, ‚und ich darf auch den Rückzug antreten, genau so bin ich frei in meiner Entscheidung, nach links auf das Grün zu treten, aber halt: Zur rechten Seite kann ich nicht. Da geht es steil hinab. Ich würde mir das Genick brechen. Und doch…', stutzte er, ‚…wenn ich dies in Kauf nähme, dann könnte ich sogar zur rechten Seite ausschreiten. Mut wäre nötig, einer der verzweifelten Art, wie er Selbstmördern gegeben ist'.

Ein Basstölpel zog in ruhigen Bewegungen vorbei. Er war kaum fünfzig Meter von Herrn Porz ent-

fernt. Der erkannte die auffallend schwarzen Flügelspitzen. Der Kopf war rahmgelb.
‚Noch nie gesehen', dachte Herr Porz, ‚aber irgendwie riesig und… hat er etwa einen Joghurtbecher im Schnabel, oder was ist das?'
„Entschuldigen Sie mal."
„Was ist denn das? Wer ist…" Herr Porz hatte keine Schritte gehört. Einigermaßen verdattert riss er seinen Körper herum und stand einem Mann gegenüber, der an die Achtzig gehen mochte. Langes, volles, zerzaustes Haar. Schneeweiß. Eine schmucklose Brille mit runden Gläsern auf der Nase. Er hielt Herrn Porz eine Pfeife hin: „Haben Sie mal Feuer?"
Herr Porz kramte in seiner Jackentasche und zog tatsächlich ein edles chromfarbiges Feuerzeug hervor, das er aufschnappen ließ.
Ehe er aber zünden konnte, nahm ihm der alte Mann das Stück ab: „Muss ich selber machen", nuschelte der mit der Pfeife im Mund: „Tabak habe ich, wenn Sie eine Pfeife haben? Ich würde Ihnen gern…"
„Ich rauche nicht", unterbrach ihn Herr Porz grinsend.
„Aber Sie haben… nanu…?" Der Mann zeigte auf das Feuerzeug, dass Herr Porz soeben wieder verstauen wollte.
„Ich habe mal geraucht. Das liegt lange zurück. Das Feuerzeug habe ich heute nur noch für Leute wie Sie dabei."
„Aaha", äußerte sich der Mann. Dann zeigte er an Herrn Porz vorbei nach Norden. Der musste sich

zwangsläufig umdrehen und hörte den Mann mit der Pfeife sagen: „Das ist ein Basstölpel."
„Aha", sagte nun Herr Porz.
„Ja doch. Sind die größten hier. Vögel mein' ich."
Herr Porz lachte auf seine hemmungslose rheinische Art: „Vögel meint er. Köstlich."
„Ja, Vögel", wiederholte der Mann nüchtern und zog an seiner Pfeife: „Haben Sie gesehen, was der im Schnabel hatte?"
Herr Porz nickte: „In der Tat, das erschien mir merkwürdig. Mir war bald, als trüge er einen Joghurtbecher mit sich fort. Hatte ich da etwa recht?"
„Das kann man wohl sagen. Die können alles gebrauchen. Wenn sie mal so ein Nest von den Viechern sehen, da ist reichlich von dem Zeugs drin. Bleche, Plastik, sowas eben."
Der Mann kratzte sich am unrasierten Kinn: „Eigentlich nicht die Zeit für den Nestbau. Ach was, vielleicht gibt es was zu flicken. Na dann mal danke", gab er zwinkernd von sich und schwenkte seine Pfeife, „ich muss dann mal wieder." Mit diesen Worten drehte er sich um und ging auf das Dorf zu.
‚Was war das denn jetzt', fragte sich Herr Porz kopfschüttelnd: ‚Basstölpel. Soso'. Einem plötzlichen Impuls folgend pfiff er die Vogelhochzeit durch alle siebenundzwanzig Strophen und sang im Geiste mit. Dass in dem Lied der Basstölpel keinen Platz gefunden hatte, bedachte Herr Porz nicht.

‚Ist denn Freiheit eine Angelegenheit des Geistes? Und welche Rolle spielt dabei der Körper? Nehmen wir einmal an', sinnierte Herr Porz und rieb sich die Nase: ‚Nehmen wir einmal an', wiederholte er sich, blieb stehen, beschattete seinen Blick mit der flachen Hand vor der Stirn und spähte nach Norden, während er seinen Gedanken formulierte: ‚Nehmen wir doch einmal an, ich käme auf die verkorkste Idee, meine Freiheit beweisen zu wollen, indem ich tatsächlich in die Tiefe springe. Da könnte doch mein Körper nichts gegen diesen fatalen Plan ausrichten, nicht wahr. Er wird doch von meinem Geist gesteuert. Der sagt: Spring!, und der Körper tut's ohne zu klagen. Ja'.
Der Wind hatte nun ein wenig zugelegt. Herr Porz lobte seine Vorausschau, die ihn dazu verleitet hatte, Mantel und Schal für den Gang zu wählen. Noch einmal zog er die Schirmmütze tiefer über den Kopf. Er beschloss, den Gang zügig fortzusetzen, winkte zwei Kindern, die ihren Eltern vorausliefen; vermutlich waren Herbstferien. Er bewegte sich am zerklüfteten Rand des Plateaus entlang, verharrte nicht, um die grandiose Sicht über das rechts unter ihm ausgerollte Unterland zu genießen. Dennoch war Herr Porz tief beeindruckt, ja, er war nicht weit entfernt davon, beim Anblick dieses großartigen Bildes die Fassung zu verlieren und schnaubte bewegt, als stünde er unter einem Zwang, hiermit (da er sich den Halt verzagte) seine Anerkennung zum Ausdruck zu bringen. Ein quadratischer Yachthafen, eine schnurgerade Kaimauer, ein weit ins Meer auskra-

gender Wellenbrecher und der kreidefarbige Strand, der die nördliche Begrenzung des Unterlandes bildete und jetzt völlig verlassen da lag, weil die Temperaturen nicht zum Baden einluden. ‚Wie gemalt', stellte Herr Porz fest, ehe er sich aus seiner Wahrnehmung los riss, weil eine Gruppe junger Männer ihn passierte. Nicht nur die lautstarke Ausgelassenheit verriet, dass jene jugendlich auftretenden Gesellen lediglich des Loslassens vom Alltag wegen hier waren, auch die Flaschen in deren Händen, auch das indiskrete Gerülpse, und bei Zweien der unkontrollierte, stolpernde Gang ließen diesen Schluss zu.

Herr Porz konnte nicht umhin, nun doch anzuhalten. Er stemmte die Fäuste in die Hüften und musste lachen, was ihm den Kommentar einbrachte: „Was gibt's denn da zu lachen, Alter?"

„Oho", erwiderte dieser, „wenn ihr euch sehen könntet, müsstet ihr auch lachen."

Daraufhin nahm der Sprecher, wie der Vorreiter eines Trecks im *Wilden Westen*, die rechte Hand hoch und alle blieben verdutzt stehen. Er wandte sich seinen Kameraden zu und musterte sie Einen nach dem Andern. Ein Kleiner saß Huckepack auf dem Rücken eines Hünen und sah versonnen auf Herrn Porz hinab. Der Sprecher trat an seinen Kumpan heran, packte ihm an den Arm und sagte: „Hey, Luschi, komm da mal runter."

„Wieso denn, Mattes", fragte der, „is' 'ne gute Sicht hier oben."

„Los, komm runter!" Der mit Mattes angeredete Mann zerrte an dem Kleinen, bis der auf dem

Boden stand. Der Hüne richtete sich auf und grinste Herrn Porz an. Einer der zwei mit dem unkontrollierten Gang hatte sich ins Gras gesetzt und die Bierflasche an den Mund gesetzt.
„Mann, Höckerchen", rief der Mann namens Mattes, „was machst du denn da? Wir fallen schon auf. Benimm dich doch mal. Steh auf. Außerdem kriegste'n kalten Arsch." Damit drehte er sich Herrn Porz zu, der sich nach wie vor amüsierte: „Sorry", gab er knapp von sich.
Dann konnte er selbst ein kurzes Rülpsen nicht unterdrücken, entschuldigte sich mit einem weiteren „Sorry" und winkte seinen Leuten, ihm zu folgen.

‚Spinnerei ist das', stellte er erneut fest, ‚aber dennoch', beharrte er, ‚festzuhalten ist, dass der Körper gar nicht in der Lage ist, zu denken. Er ist nicht fähig, zu klagen. Zugegeben, er ist Gefangener des Geistes, weiß es aber schlichtweg nicht. Und unser Geist; kann der frei sein? Freigeister. Gibt es die? Ach was, ich denke nicht. Auch der Geist steht permanent unter dem Einfluss seiner Umwelt. Da kann er noch so kritisch sein. Ganz sicher besitzt der Geist die Freiheit, zwischen zwei Möglichkeiten zu wählen. Doch er lässt sich in seinen Entscheidungen beeinflussen und ist deshalb nur eingeschränkt frei. Vielleicht auch deshalb, weil er Gemütszuständen unterliegt. Da ist noch etwas, das über ihm steht und wirkt, meinetwegen die Seele, aber gewiss die Natur. Die Angst ist kein Produkt des Geistes. Sie wird ihm

vorgesetzt und er muss ihr mit geeigneten Maß-
nahmen begegnen'.

-5-

Herr Porz umwanderte den äußersten Punkt der Insel und verspürte den Wind von rechts vorn, als er am *Lummenfelsen* über die Kante hinabschaute. Sechzig Meter Steilwand. Fasziniert beobachtete er, wie die Brandung gischend gegen das Gestein ankämpfte.

‚Es gibt die absolute Freiheit nicht', darüber war sich Herr Porz nun im Klaren, und, als wollte er um sie kämpfen, stieß er laut in den Wind hinaus: „Aber ich kann meine eigenen Entscheidungen treffen. Meine! Das muss an Freiheit genügen." Er dachte: ‚Die Natur muss ich annehmen. Sie ist unter dem Strich allmächtig, und nur Allmacht kann absolute Freiheit genießen. Allmächtig kann wohl nur das oberste Glied in einer Hierarchie sein. Für diese Position haben wir einen Gott, und die Natur ist sein Körper'.

Als er sich von dem Eisengeländer löste, das er mit beiden Händen umgriffen hatte, während er auf das weite Meer hinausgeschaut hatte, da schloss Herr Porz seinen Gedanken mit der Feststellung ab, dass der Mensch seine Aufgaben nur immerzu gern erledigen sollte, und wenn ihm dies gelänge, dann täte er schließlich immer das, was er tun möchte und das wäre die Voraussetzung für ein sorgloses Leben. ‚Gar nicht so schwer', dachte Herr Porz wohlgelaunt und schlenderte ganz unfreiwillig der ihm inzwischen bekannten Dame geradezu in die Arme, was ihm jedoch sehr angenehm war und ihr nicht verdächtig erscheinen konnte, denn ihre Wege mussten sich zwangsläufig auf einem Rundweg, den sie in entgegengesetzter Richtung abschritten, an irgendeiner Stelle erneut kreuzen.

Mit Getöse lachte er hell auf, beugte sich dabei nach hinten, schaute in den Himmel, senkte in dieser Stellung den Blick und bemerkte die verträumte Mine der Dame, die ihn abschätzend ansah. Herr Porz fasste sich sogleich. Keine zwei Meter lagen zwischen ihnen. Unwillkürlich trat er einen Schritt zurück und rief: „Verzeihung, das kommt so über mich. Nicht, dass sie etwa denken, ich würde sie auslachen. Keineswegs. Warum auch? Ich…" Herr Porz zupfte sich am Ohr, was die Dame mit einem Schmunzeln quittierte, jedoch hielt sie sich zurück und richtete nach wie vor den Blick auf den Mann mit der Schirmmütze, der ihr (und hier müssen wir einmal die Seiten wechseln) so seltsam vertraut vorkam, obwohl sie ganz sicher war, niemals zuvor einem nur annähernd ähnlichen Menschen begegnet zu sein: Jemandem, der sich entschuldigte, weil er sich entfernen wollte, obwohl er den Menschen, den er ansprach, überhaupt nicht kannte; der plötzlich laut loslachte und anscheinend die Welt um sich herum vergaß, wie auch jetzt gelacht hatte, als ginge er mit einem Menschen um, den er über viele Jahre kennte. Und wieder bat er um Verzeihung in der Art eines Kavaliers aus anderer Zeit.

Und dabei fühlte sich die Dame so gar nicht belästigt. Im Gegenteil: Auf eine nicht erklärbare Weise zog sie das Wesen dieses Menschen an.
Plötzlich umspielte ein zartes Lächeln ihre Lippen, und sie wagte den Kommentar: „Ich bin nicht aus Zucker. Die Entschuldigung kann ich nicht annehmen, weil sie doch überhaupt nicht angebracht ist."
„Oho", stieß Herr Porz hervor, „nun, wenn sie das so sehen…" Eine Weile nahm man sich in Augenschein, ehe Herr Porz sich räusperte und den Vorschlag machte: „Nun, da wir uns bereits mehrmals begegnet sind und ich mich nicht einmal dafür entschuldigen muss… wenn sie das so sehen? Ja, dann…", Herr Porz lachte und kam zur Sache, „darf ich vielleicht anbieten, dass wir uns miteinander bekannt machen?"
„Ja", stimmte die Dame sogleich zu und verfiel für ihre Verhältnisse geradezu in Plaudern, als sie ergänzte, „ich denke, das dies nun angebracht ist. In meiner Heimat ist das bereits bei der dritten Begegnung üblich und wenn ich mich nicht verzählt habe, so treffen wir hier bereits zum vierten Mal aufeinander." Schelmisch griente sie ihr Gegenüber an, doch Herr Porz entgegnete unumwunden: „Das kenne ich aus meiner Heimat anders: Da kostet das Einen, wenn sie verstehen, was ich meine?" Die Dame tat verständnislos, und Herr Porz erklärte, dass man in seiner Heimat, nämlich im Rheinland, auf das dritte Zusammentreffen bereits einen trinken ging. Das gegenseitige Bekanntmachen war durchaus sofort möglich.

„Ich denke nun", erwiderte die Dame, „dass sie vollkommen Recht haben. So ist dies wohl auch bei uns gebräuchlich. Ich vergaß."
„Oh, natürlich. Wenn ich mich vorstellen darf. Ich heiße Porz. Ottmar Porz."
„Und mein Name ist Sophia Hagen."
„So so", Herr Porz streckte den Zeigefinger hoch, „sieh mal an, nicht nur weise, sondern auch noch eine Heilige. Sie verstehen?"
„Ich fürchte, nein", erwiderte die Dame mit ihrer rauchigen Stimme und verblüfft schüttelte sie ihren Kopf.
„Nun ja, im Griechischen bedeutet ihr Name so etwas wie heilige Weise oder weise Heilige." Herr Porz zog kurz in Erwägung, seine Erklärung weiter auszuführen, stand dann aber mit offenem Mund da, denn Frau Hagen kam ihm zuvor: „Sie sind des Griechischen mächtig? Ich bin beeindruckt. Allein damit hat sich zumindest für mich unsere Begegnung gelohnt, denn ich habe hinzugelernt." Sie hielt kurz inne. Herr Porz bemerkte, dass sie noch etwas hinzufügen wollte. Dann eröffnete sie: „Mit Weisheit kann ich etwas anfangen, allerdings bin ich nicht sicher", sie scherzte, „ob das Attribut *heilig* Jedem als Kompliment erscheinen mag."
Während sie die letzten Worte sprach, spielte sie geziert. Mädchenhaft neigte sie den Kopf ein wenig zur Seite und wartete auf eine Reaktion. Doch Herr Porz, der allgemein als spontan galt, schaltete nicht gleich. Es dauerte, ehe er begriff, was die Dame mit ihren Worten auszudrücken versuchte,

und als ihm ein Licht aufging, geriet er gar in Verlegenheit. Er verschränkte seine Arme hinter dem Rücken und schaukelte in einer Weise hin und her, die einem Außenstehenden wie Prüderie erscheinen musste. Er räusperte sich und entgegnete, um Fassung ringend:
„Ich kann überhaupt nicht Griechisch, wissen Sie. Aber in der Tat steht doch in Istanbul diese berühmte Kirche…"
„Ah", Sophia Hagen fasste sich an die Stirn, „die *Hagia Sophia*."
„Ja, die *Hagia Sophia*", bestätigte Herr Porz eifrig und lachte, nun wieder in der Spur, „als ich vor Jahren dort war, habe ich in einer Broschüre gelesen, was ihr Name bedeutet."
„Erstaunlich nur, wie schnell sie geschaltet haben. Ist das nicht merkwürdig, Herr Porz, aber ich habe in meinem ganzen Leben noch niemals meinen Namen mit diesem berühmten Gebäude, welches mir natürlich bekannt ist, assoziiert. Aber bitte, Herr Porz, sagen sie doch, wollen wir vielleicht ein Stück gemeinsam gehen? Wissen Sie was? Ich wandere diesen Weg täglich. Ich kehre hier um. Wäre ihnen dies Recht?"
„Sehr gern, Frau Hagen", sagte Herr Porz erfreut. Nach einem kurzen Stück Wegs kam er auf Frau Hagens letzten Gedanken zurück: „Ich könnte mir vorstellen, dass mir bei der Assoziation die Distanz entgegengekommen ist. Verstehen sie das?"
„Sie denken, weil ihnen mein Name nicht geläufig ist, haben sie ihn in dem Moment, da sie ihn vernahmen, sogleich mit dem ihnen vertrauten Na-

men des berühmten Bauwerks in Verbindung gebracht, während ich, die ich meinen Namen jeden Tag höre oder schreibe, überhaupt nicht auf den Gedanken verfallen bin, eine Verbindung herzustellen."

„Ja, genau", bestätigte Herr Porz diese präzise Deutung beinahe ehrfürchtig. Die zierliche Dame, die nun, den Blick nach unten gewandt, neben ihm ging, hatte eine gepflegte Art, sich zu artikulieren. Dies blieb einem Herrn Porz nicht verborgen, der bekanntlich Oberflächlichkeit verabscheute und in dem Zusammenhang den sorgsamen Umgang mit der deutschen Sprache, die so überaus großartig alle Dinge des Lebens auszudrücken vermag, begrüßte. Er beschloss, nachdem er bereits zuvor Klugheit erahnt hatte, seinen ersten Eindrücken zufolge Frau Hagen einen hohen Grad an Bildung zu unterstellen. Frau Hagen, die soeben aufsah, bemerkte das zitternde Grübchen auf Herrn Porz' Wange, das sich sogleich wieder verflüchtigte, und schrieb sein Auftreten einem zuweilen aufsässigen Nerv zu, wie wir ihn nach ihrer Einschätzung alle irgendwo an unserem Körper haben.

„Und sie sind Rheinländer, Herr Porz?", fragte nun Frau Hagen, die bei dieser Frage den Blick wieder nach unten richtete. Sie schlenderte mit vor dem Bauch gefalteten Händen neben ihrem Begleiter.

„Oh ja. Ich bin aus einer Hochburg. Ich bin ne echte kölsche Jung", rief Herr Porz lachend in den Wind.

„Aus Köln", schwärmte Frau Hagen, „eine schöne Stadt."
„Die schönste Stadt", behauptete Herr Porz und wartete einen Moment, ehe er fragte: „Ihren Worten entnehme ich, dass sie Köln kennen?"
„Kennen wäre wohl ein wenig zu hoch gegriffen." Frau Hagen sah Herrn Porz an. Ihre Blicke trafen sich: „Ich hatte mehrmals kurze Aufenthalte in der Stadt, das ist alles. Aber, Herr Porz, mir ist während meiner kurzen Zeiten in der Stadt aufgefallen, dass die Einheimischen offensichtlich Wert auf ihren Dialekt legen, und sie…"
„Oho, Frau Hagen, lassen sie keinen Kölner hören, dass er Dialekt spricht. Da zeigt er wenig Verständnis. Kölsch ist kein Dialekt. Kölsch ist eine Sprache." Gnädig sah Herr Porz die Dame an. Dann, als er ihrer Verwirrung gewahr wurde, blieb er stehen und prustete los. Frau Hagen benötigte ein wenig Zeit, bis sie mit mildem Lächeln bemerkte: „Das war wohl ein Fauxpas? Ich bitte um Entschuldigung."
„Aber, aber. Keine Ursache, Frau Hagen. Dialekt oder Sprache. Mir scheint, davon unabhängig, wichtiger zu sein, dass das Kölsch erhalten bleibt."
„Sie aber sprechen - und darauf wollte ich aufmerksam machen - na ja…, akzentfrei?"
„In der Tat. Natürlich kann ich mich auf Kölsch unterhalten. Wenn sie in Köln groß werden, lernen sie die Sprache bereits in der Schule. Ich bin selbst kein Immi, also jemand, der zugezogen ist. Aber meine Eltern, die kommen aus dem Hannoveranischen. Und deshalb bin ich zuhause

mit Hochdeutsch aufgewachsen, und darüber bin ich sehr froh. Eine großartige Sprache."
„Ich verstehe. Und wie fühlen sie sich dabei?"
„Sie meinen, ob ich mich selbst als Kölner ansehe?"
„Ja, das wollte ich fragen."
„Und ob ich ne kölsche Jung bin. Als ich geboren wurde, lebten meine Eltern bereits in Köln. Nur ist es so, dass sie kein Kölsch mit mir sprachen und ich zweisprachig groß geworden bin. Sie müssen das so sehen: Wenn ein Kind in einem Haushalt aufwächst, in dem Deutsch und Englisch gesprochen wird, so wird es doch in dem Fall, dass seine Eltern mit ihm England besuchen, ganz selbstverständlich dort die englische Sprache anwenden. Beinahe so ist dies bei mir, nur, dass ich das Kölsch in der Schule erlernt habe, und nicht zuhause. Wenn ich mich heute außerhalb von Köln aufhalte, spreche ich Hochdeutsch, in Köln aber natürlich die Mundartsprache.
Aber nun, meine liebe Frau Hagen, bin ich doch brennend daran interessiert zu erfahren, aus welchem Winkel unseres Landes sie nun kommen."
„Das habe ich befürchtet", stöhnte Frau Hagen gespielt mit ihrer rauchigen Stimme und provozierte einen erneuten Lachkrampf ihres Begleiters. Sie genoss diese Ausgelassenheit, die Herrn Porz umgab, wenn er, scheinbar völlig frei von Hemmungen, die ganze Welt um sich herum vergaß. Und jedes Mal, wenn er abrupt verstummte, war es, als träte er in den kühlen Raum ein, den er zuvor verlassen hatte, um eine Portion Sonnen-

wärme zu tanken; den Raum, den er nun aber wieder genießen konnte. Dieser Herr Porz schien ihr ein Freund des Wechselspiels zu sein. Keiner, der sein Seelenklima auf gleichem Niveau halten wollte (oder konnte). Ihr bisheriger Eindruck ließ darauf schließen, dass er insgesamt ausgeglichen war, also der Strömung des Flusses folgte, dabei aber die Ruder nicht gleichmäßig schlug und deshalb hin und wieder die Richtung gehörig deutlicher korrigieren musste, als Andere.

,Wie abenteuerlich schön', dachte sie bei Betrachtung dieses soeben entstandenen Bildes und sah befriedigt zu dem viereckigen, geziegelten Leuchtturm hinüber, dem man sich nun gegen drei Uhr näherte. Die Sonne, deren Licht von den Antennen- und Radaranlagen auf dem Dach des Turmes reflektiert wurde, war bereits im Sinken begriffen und verfärbte sich rot. Frau Hagen registrierte dies jetzt, da sie sich Herrn Porz zuwandte, der zur Steilküste hin neben ihr wanderte, und ernüchtert um Entschuldigung bat, was Frau Hagen mit gönnerischem Schmunzeln quittierte.

Sie zeigte in die Richtung, wo sich der Weg wieder hinab schlängelte. Auf die Stelle, die den Rundgang über die Hochebene beendete. Herr Porz verstand ihre Weisung und änderte die Richtung.

„Ich stamme aus Wardenburg", gab Sophia Hagen preis. Sie wartete ab und zeigte sich überrascht, als ihr Begleiter fragte: „Meinen Sie das Wardenburg bei Oldenburg?" „Oh ja, Herr Porz. Sie kennen sich aus." Während ihres Weges abwärts und zum Hotel spazierten sie schweigend nebeneinander her. Frau Hagen hielt lange den Kopf gesenkt. Herr Porz, der dies bemerkte, vermutete sie in Gedanken versunken. Gedanken, die offenbar privater Natur waren. So privat, dass Herr Porz, der ja noch eine ganz frische Bekanntschaft war und noch gar nicht hoffen durfte, mehr als eine flüchtige Begegnung in Frau Hagens Leben zu werden. Ja, so privat, so intim also, dass Herr Porz ausgeschlossen blieb.

Er mochte sie nicht stören, versuchte aber durch gelegentliche Seitenblicke zu ergründen, wie es um Frau Hagens Gemütslage bestellt war.

Sie schritt nicht etwa gebeugt, und ihr Gesicht, das er nur im Profil sah, erschien ihm nicht vergrämt. Natürlich fragte sich Herr Porz, ob seine Frage nach ihrer Herkunft, die sie bisher in äußerst knapper Form beantwortet hatte, der Grund für ihre plötzliche, aber andauernde Nachdenklichkeit sein könnte.

‚Oh Gott, wo ist sie bloß? Sie ist gar nicht da', dachte Herr Porz, ‚was habe ich angerichtet?' Ängstlich und ein wenig ratlos wendete er sich ab. Er sah zum Hafen hinüber, während er neben seiner Begleiterin ging, etwa einen halben Schritt zurück. Da hatten sie das Hotel fast erreicht. Er sah nach rechts, als fürchtete er ihrem Blick zu begegnen, sollte sie sich nun endlich regen, und seine Fröhlichkeit war verflogen. Das passierte Herrn Porz sonst nie.

„Da sind wir dann wohl wieder", hörte Herr Porz endlich wieder ein paar Worte aus dem Mund der Dame.

„Ach ja", sagte er etwas unbeholfen und schaute zu der Lichtwerbeanlage über dem Eingang hinauf, „schon zurück."
Frau Hagen musterte ihn. Er schien ihr ein wenig unentschlossen, zögerlich. Sie hatte über ihre Kindheit in Wardenburg nachgedacht, die sie nachträglich als schön empfand.
Abseits der Metropolen hatte sie mit zwei Geschwistern, einem älteren Bruder und einer jüngeren Schwester, wohlbehütet in einem ordentlichen Haushalt gelebt. Ihr Vater Buchhalter in einer Firma, die mit Maschinen für die Landwirtschaft handelte. (Sophia Hagen wusste nicht, ob diese Firma noch existierte). Die Mutter führte den Haushalt. Immer war sie für die Kinder da, die auf dem großen Grundstück hinter dem Haus und in dem dahinter liegenden angrenzenden Waldstück spielten, wie es zu ihrer Kinderzeit auf dem Lande noch üblich war. Nach Erledigung der Hausaufgaben traf man sich an beliebten Stellen mit Freunden. Das soziale Netzwerk war die Pausenhalle in der Schule. Oder der Schulhof. Dort wurde geplant, besprochen, verabredet.
„Ich fürchte, dass ich keine gute Gesellschafterin war. Ach, Herr Porz, das tut mir leid. Ich kann hier auf der Insel so wunderbar meinen Gedanken nachhängen, wissen Sie. Entschuldigung. Wie kann ich denn das wieder gut machen?"
Ottmar Porz vergaß augenblicklich seine Bekümmertheit. „Sie reden mit mir", er lachte, „meine liebe Frau Hagen, das ist ganz wunderbar."

-6-

Für gewöhnlich trank Herr Porz Kaffee. Doch schon auf dem Weg hatte er ein absonderliches Verlangen nach schwarzem Tee mit Kluntjes verspürt. Nun saß er allein im Restaurant des Hotels. Einen Platz am Fenster hatte er sich gesucht. Von dort konnte er die Touristen beobachten, die vorbei flanierten.

Als Herr Porz Frau Hagen auf einen Tee eingeladen hatte, lehnte sie mit der Begründung ab, dass sie um diese Zeit ein wenig zu ruhen pflegte. Sogleich aber machte sie den Vorschlag (schließlich gab es etwas gutzumachen), ihm zum Abendessen Gesellschaft leisten zu wollen, was Herrn Porz hoch erfreute. R stimmte zu, und man verabredete sich für halb acht an eben dieser Stelle im hauseigenen Restaurant. Frau Hagen lobte die üppige Fischkarte, Herr Porz tat begeistert, obwohl er mehr auf deftige Schlachtplatten oder *Halven Hahn* stand.

Nun saß er hier allein am Fenster, nahm den Beutel aus der Tasse und war unschlüssig, ob er erneut den Gedanken über die Freiheit aufgreifen, oder sich auf sein morgiges Gespräch mit dem Mann von der Insel vorbereiten sollte. Der Grund des Treffens hatte immerhin auch etwas mit Freiheit zu tun. Länger als dreißig Jahre (gleich nach seinem Studium hatte er damit begonnen) kaufte

er Dinge, mit denen sich andere schwer taten, und fand Leute, die dieses Zeugs, wie Herr Porz es sachlich nannte, gebrauchten. Er hatte sein untrügliches Gespür für die Zeit entdeckt und weiter entwickelt. Zunächst hatte Herr Porz als Betriebswirt gearbeitet und sein Geschäft nebenher betrieben. Bald aber erkannte er, dass bestimmte Waren erst reifen mussten, um Gewinn zu bringen. Er hatte schon eine kleine Summe Kapital angespart und war in der Lage, ein paar Lagerräume zu mieten. Dort hortete er die Waren, für die noch nicht die Zeit gekommen war, aber ganz sicher kommen würde und das nicht in allzu großer Ferne.
Ständig beobachtete er die Märkte, reagierte auf sich anbahnende Trends, um im entscheidenden Moment an die richtige Tür zu klopfen.
Sein Unternehmen wurde komplexer. Herr Porz verhandelte die Artikel nicht mehr in zeitlicher Abfolge. Er ging dazu über, viele Geschäfte gleichzeitig zu tätigen. Er investierte und kassierte, kaufte ein Lagerhaus und fand einen fähigen Lagerverwalter, der über all die Jahre sein einziger Mitarbeiter bleiben sollte. Doch nun war dieser Mensch in den Ruhestand abgetreten.
Sauber abgewickelt hatte Herr Porz den Abgang, keine neuen Lagerbestände geschaffen, bis er irgendwann mit seinem Verwalter durch die Gänge geschritten war und beim Anblick der leeren Regale auf seine Art festgestellt hatte: „Na, Tünn? Wie hann mir datt jemäätt? Prima hann mir datt jemäätt. Jetzt kannst De noch zwei Daach

ussruhe, und dann jehste in Rente. Doll! Kannste Dich in et *Früh* setze, wann De willst. Kannste beim Training vum Eff Zeh luure, wenn de maachs. Evver hür ens, Tünn. Wat säät denn ding wiev, dat Helja? Nit, dat de demm in do Weech stehs. Dann kütts de nach mich. Dann mooche mir de Rejale widder vull." Ottmar Porz hatte laut losgelacht und seinem einzigen Mitarbeiter freundschaftlich auf die Schulter geklopft. Sie wussten beide, dass die Regale leer bleiben wür-den. Die Halle war bereits verkauft. Herr Porz hatte einen anständigen Preis dafür erzielt.

„Evver wat määts de denn jetzt, Ottmar, wenn ich fott bin?", hatte sein Lagerverwalter ihn gefragt, als der Tag in die Rente näher rückte. Herr Porz hatte mit feuchten Augen geantwortet: „Tünn, ich jlööv, jetzt maach ich dat jrößte Jeschäft vun mingem Leeve. Und stell dr füür. Dofür bruch ich kin Rejale."

Friedlich hatte er durch die Scheibe des kleinen Lagerkontors auf die sich lichtenden Regalreihen geschaut. Der Lagerverwalter gab sich mit dieser Antwort zufrieden. Er mochte seinen Chef, der so selig vor sich hinstarrte, nicht aus seinen Gedan-ken reißen.

In diesem Moment klopfte Jemand an das Restau-rantfenster, hinter dem Herr Porz bei seinem Tee saß. Die Regalreihen verschwanden vor seinen Augen. Herr Porz zuckte nur kurz, als er meinte, in dem Mann vor dem Fenster… Aber nein, das war nicht Tünn. Vielleicht die Mundpartie und die großen Ohren. Eine winzige Ähnlichkeit. Jedoch war der Mann, der enttäuscht sein Lächeln verlor und die grüßende Hand sinken ließ, viel jünger. Er hatte vermeintlich in Herrn Porz einen Bekannten entdeckt, der er nicht war.

Verwirrt schüttelte der Mann den Kopf, vollführte eine Geste der Entschuldigung und ging weiter. Herr Porz erhob sich daraufhin. Er wollte sich noch frisch machen für das Essen mit Frau Hagen, und genaugenommen verblieb sogar noch ein wenig Zeit, um sich auf dem Bett auszustrecken.

Er winkte dem Ober und bat ihn, den Tee auf seine Zimmerrechnung zu schreiben: „Zimmer Dreihundertvier, wenn's recht ist. Muss ich unterschreiben?" Der Ober winkte ab.

-7-

Überpünktlich, wie es seine Art war, nahm Herr Porz um Neunzehnuhrzwanzig an dem ihm zugewiesenen Tisch Platz. Die Dame, Sophia Hagen, besaß ihrerseits den Anstand, ihrem Gastgeber Gelegenheit zur Pünktlichkeit zu geben. Sie erschien um Neunzehnuhrvierunddreißig.

Herr Porz, der sie sogleich entdeckte, erhob sich ein bisschen zu schnell und winkte ihr dezent.. Das mintgrüne Kleid mit halbem Arm stand ihr ausgezeichnet. Um den Hals trug sie eine Perlenkette, und da sie ihr volles Haar an den Seiten zurück gesteckt hatte, kamen die Perlenohrstecker gut zur Geltung.

‚Wat für e lecker Mädsche‘, dachte Herr Porz. Galant war er beim Setzen behilflich.

„Wissen Sie, Frau Hagen“, überfiel er sie, „eins vorweg. Sie wählen das Gericht. Ich schließe mich an. Soll ich es bedauern? Aber ich kenne mich mit Fischgerichten nicht aus. Sie aber scheinen mir eine Kennerin zu sein. Habe ich Recht?“ Er lachte, aus Rücksicht auf die anderen Gäste aber gedämpfter, als auf dem Hochplateau.

„Aber sagen Sie, Herr Porz, mögen Sie denn überhaupt Fisch?“ Frau Hagen musterte ihn neugierig.

„Und ob ich Fisch mag“, brüstete sich Herr Porz, „ich kenne Brathering, Matjes, Bratfisch und…Forelle, ja, auch Karpfen hatte ich schon; in Senfsauce."

„Also gut, Herr Porz, ich verstehe. Sollen wir also Fisch essen?"

„Ich bestehe darauf. Sie haben die Fischkarte gerühmt."

„Habe ich das? Nur ein Vorschlag, Herr Porz. Ich dachte, hier auf der Insel? Aber sehen Sie", Frau Hagen nickte unauffällig in die Richtung, wo der Ober neben der Tür zur Küche postiert stand und auf das Zeichen der Gäste wartete, „er hat schon zu uns gelugt." Frau Hagen gluckste, und Herr Porz, der sich ein wenig zu ihr hinüber geneigt hatte, scherzte leise mit verschwörerischer Miene: „Unser *Köbes* hätte schon längst ein Kölsch serviert. Mein Gott. Geschäftstüchtig ist der aber nicht, oder?"

Frau Hagen, die wusste, dass man die Kellner in Kölner Brauhäusern so bezeichnete, grinste Herrn Porz an, der daraufhin befürchtete, einen Fauxpas begangen zu haben und sich zurück lehnte.

„Sie sind mir einer, Herr Porz. Der Ober wird sich nicht eher bewegen, als das wir ihm ein Zeichen geben. Ich fürchte, er hat die Anweisung, so zu handeln. Nun, da ich bereits mehrere Tage hier bin und wiederholt hier im Restaurant gegessen habe, weiß ich, dass das so ist."

„Sie meinen…", Herr Porz kratzte sich die Stirn.

„Ja", bestätigte Frau Hagen, ohne abzuwarten und fühlte sich in dieser aufkeimenden verschworenen Gemeinschaft mit ihrem Gegenüber immer wohler, „ein wenig zu fein, finden Sie nicht auch? Im-

merhin befinden wir uns hier nicht in einem No-
belhotel."

„Gott bewahre", entfuhr es Herrn Porz. Er lachte
in sich hinein. Frau Hagen besah sich bereits wieder die Speisekarte und hatte ihre Wahl getroffen.
Unauffällig hatte sie auch einen Blick in die Bier-
karte geworfen. Tatsächlich fand sie dort ein
Kölsch im Angebot, was sie wunderte und zugleich erfreute. Leider hatte sie von der Marke
noch nie gehört.

‚Männer sind immer so wählerisch', dachte sie,
‚wenn es um Biersorten geht. Beinahe so sehr wie
bei Frauen oder Autos. Sicher ein Klischee.' Oder
doch nicht? Jedenfalls wünschte sie sich, dass diese Sorte Herrn Porz zusagen würde. Frau Hagen
hatte nämlich den kühnen Entschluss gefasst, zum
Fisch nicht den Grauburgunder zu bestellen, einen
Tikohi Pinot Gris, den sie hier so gern trank, wenn
der Tag sich dem Ende näherte. Ganz spontan,
begünstigt durch Herrn Porz *Köbes*-Äußerung hatte sie den Entschluss gefasst, heute Kölsch zu
trinken.

„Ich frage Sie, Herr Porz, soll ich nun für Sie bestellen? Noch haben Sie die Wahl."

„Oho, Frau Hagen", Herr Porz grunzte vergnügt,
„ich habe meine Wahl getroffen, indem ich Ihnen
die Wahl überließ. Bitte", seine geöffnete Frau
Hagen hingewiesene Hand war eine zustimmende,
auffordernde Geste, „bitte, bestellen Sie."

Sophia Hagen sah den wohlgelaunten Mann noch
einmal prüfend an, senkte dann ihren Blick erneut
in die Speisekarte, obwohl alles klar war. Es mach-

te den Anschein, als wollte sie sich noch einmal irgendeiner Sache versichern. Ein kurzer Blick zum Ober. Ein Zeichen, und er trat an den Tisch. Er würdigte Herrn Porz eines kurzen Blickes, nickte knapp und förmlich. Dann widmete er sich Frau Hagen, der Dame, die ihm bekannt war; die gewinkt hatte. Sie sagte: „Wir hätten gern zunächst die Fischsuppe."

„Sehr wohl, zweimal die Fischsuppe."

„Ja. Und dann nehmen wir die Lasagne mit Lachs und Spinat."

„Sehr wohl, Lasagne zweimal. Zu trinken den Grauburgunder, wie bisher?"

„Nein", bemerkte Frau Hagen mit glänzenden Augen. Sie sah zum perplexen Ober auf, wandte sich dann aber Herrn Porz zu, um seine Reaktion zu erfahren: „Wir hätten gern Kölsch." Nun grinste Herr Porz. Sie sah, dass sie seinen Geschmack getroffen hatte und fügte hinzu: „Zwei große Kölsch, bitte schön."

„Okay!?" Das war dem Ober entrutscht. Er zog die zweite Silbe in die Länge auf die oberflächliche, urteilende, Verwunderung ausdrückende Art, die Herrn Porz zuwider war, die aber nicht nur unter dem Jungvolk dieser Tage sehr verbreitet war. ‚Okay!?', wiederholte er in Gedanken und verzog säuerlich den Mund dabei.

„Sehr wohl, zweimal das große Kölsch", sagte der Ober. Mit einem angedeuteten Diener machte er kehrt. Herr Porz sah der untersetzten Gestalt nach. Der Gang ein wenig schwankend. Ein untrügliches erstes Zeichen für Hüftgelenksverschleiß, mutmaßte Herr Porz. Obwohl der Mann nicht älter als Mitte Dreißig sein mochte. Es mochte in den Genen liegen.

Ottmar Porz riss sich aus seinen Gedanken und lachte los. Diesmal wieder so beherzt, so eruptierend, dass es an den Nachbartischen still wurde. Er errötete, was die starrenden Leute veranlasste, sich wieder ihren Tischgesellen zuzuwenden.

„Pardon!" Herr Porz räusperte sich vernehmlich. „Meine liebe Frau Hagen. Sie wissen wohl, wie man einem Kölner hier draußen in der weiten Welt etwas Gutes tun kann. Wie kommt denn bloß das Kölsch hier her?"

Frau Hagen spielte mit ihrer Perlenkette. Sie verspürte Appetit, und ohne auf Herrn Porz rhetorische Frage einzugehen fragte sie nun ihrerseits: „Sind Sie hungrig? Ich bin es nämlich ungemein."

„Wo Sie es sagen. Ja, hungrig. Das bin ich. Aber", wollte nun Herr Porz endlich Klarheit, „jetzt, da wir hier beisammen sitzen und", er stutzte, „sozusagen diesen Abend gemeinsam verbringen, Frau Hagen, so sagen Sie doch: Bin ich Ihnen heute Nachmittag", er rang nach Worten, „ich will sagen, möchte wissen, habe ich etwas Falsches gesagt?"

„Sie denken das, weil ich so schweigsam war, stimmt das?"

„Ganz echt. Sie wirkten plötzlich…"

„Aber das hatte doch gar nichts mit Ihnen zu tun. Aber nein. Bitte denken Sie…" Der Ober trat an den Tisch und servierte die Getränke. (Er hatte eine Unterhaltung unterbrochen, so wie es Ober

53

überall und immer zu tun pflegen, wenn auch nicht in böser Absicht. Sie sind sich dessen bewusst. Dieser Ober entschuldigte sich sogar.). ‚Ein ungewöhnliches Exemplar', konstatierte Herr Porz, sah ihm ins nette, gekräuselte Gesicht, bemerkte das Kölsch und juchzte mit dem Kommentar: „Junger Mann. Ich weiß zwar nicht, wofür Sie sich entschuldigen, aber Ihnen soll vergeben sein. Wer mir ein *Reißdorf* vor die Nase stellt, der hat in meinem Herzen ein sonniges Plätzchen." Der Ober zog sich ohne Entgegnung mit einem verlegenen Lächeln zurück.

„Sie kennen demnach die Sorte? Mir war es völlig unbekannt. Ach, ich war ein wenig unsicher." Herr Porz erhob sein Glas und forderte seine Tischgesellin Gesten reich auf, mit ihm anzustoßen. Er schwärmte ihr etwas von ‚meine Biersorte' vor und nahm einen kräftigen Zug. „Lecker Kölsch", bemerkte r, wobei er sich genießerisch mit der Zunge über die Lippen ging.

„Herr Porz, um auf Ihre Frage zurück zu kommen. Oje, das ist mir unangenehm. Nun haben Sie die ganze Zeit gegrübelt. Bitte denken Sie nicht, dass mein inakzeptables Verhalten während der gemeinsamen Wanderung seine Ursache in einer Ihrer Äußerungen, einer Frage der gar in Ihrem Benehmen gefunden hat."

„Ich bin beruhigt", zeigte sich Herr Porz erleichtert.

„Gut so. Wie ich bereits erklärte: Auf dieser Insel kann ich so wunderbar meinen Gedanken nachhängen. Doch sind es nicht die alltäglichen, vielmehr diejenigen, für die ich sonst nicht die Muße finde. Überwiegend Erinnerungen, oftmals verloren geglaubte, die hier ganz unangemeldet, aber willkommen, auftauchen. Das muss an der Umgebung liegen…"

„Eine schöne Gegend. Ein Idyll. Ein Naturschauspiel. Ich verstehe, was Sie sagen möchten. Auch ich habe sogleich, als ich von diesem grässlichen Schiff war und die Insel betreten habe, gespürt…" Herr Porz suchte nach den passenden Worten.

„Sie haben Freiheit verspürt?" Herr Porz war überrascht. Aber ja. So war es wohl. Er schüttelte ungläubig den Kopf. „Ja, irgendwie schon. Ich hatte ein paar interessante Gedanken auf meiner Wanderung." Er betrachtete sein Bier, fasste schließlich das Glas und prostete Frau Hagen zu: „Ha, erinnern Sie sich, als Sie an die Bank heran getreten sind, auf der ich saß?" Er nickte und fuhr fort: „Da dachte ich gerade an die Vögel. Verstehen Sie? Die so frei sein sollen."

„Sind sie es nicht?" Frau Hagen zog interessiert die Brauen hoch. Und so kam man ins Gespräch übe die Freiheit. Der Ober brachte die Suppe. Herr Porz schilderte seine Erkenntnisse. Löffelte seine Suppe. Frau Hagen war aufgeschlossen. Aß. Zeigte sich hier und da einverstanden mit den Einsichten ihres Gegenüber, nickte zustimmend, lächelte aufmunternd, winkte dem Ober für zwei frische *Reißdorf.* Der brachte die Kölsch, räumte die Suppenteller ab.

„Und Sie meinen tatsächlich, man sollte bei der Definition der Freiheit so weit gehen?" Frau Hagens Blick hatte inzwischen wissenschaftlichen Charakter. Herr Porz selbst bemerkte nicht das Grübchen au seiner Wange: „Nun lassen wir erst mal nicht das schöne Kölsch abstehen", sagte er und nahm sich die Zeit, über Frau Hagens Frage nachzudenken.

„Prost", hauchte sie, „was meinen Sie? Alles eine Frage der Definition, oder? Man könnte sagen", sie gluckste, „auch die Freiheit stößt an ihre Grenzen. Wir könnten behaupten, dass Jedermann seine eigene Freiheit hat, die aber an seiner Grundstücksgrenze endet." Frau Hagen hielt inne. Fragend richtete sie den Zeigefinger auf Herrn Porz, aber der war gerade nicht auf der Höhe. Merken Sie, was ich gerade getan habe. Ich habe die Freiheit eingezäunt." Sie amüsierte sich. „Dieser Österreicher. Dieser Sänger. Ach, wie war das noch gleich? Das wundersame…" Frau Hagen schnippte mit dem Finger und schon stand der Ober am Tisch. Ein Zufall. Er trug die Lasagne auf. Herr Porz lehnte sich entspannt zurück.

Als der Ober sich mit einem Diener zurück gezogen hatte, offenbarte Frau Hagen: „ Da ist in einem Lied die Rede von der Freiheit, die im Zoo ausgestellt wird. Ein wundersames Tier. Man sieht es nicht im Käfig. Da ist die Rede von einem Gag. Man sperrt sie ein und augenblicklich ist sie weg."

„Genau so ist das. Aber", Herr Porz stockte nur kurz, „da vermeint man, es mit einem Geist zu tun zu haben, was denken Sie?"

Beide probierten vorsichtig von der heißen Lasagne, legten das Besteck beiseite, um ein wenig zu warten und prosteten sich zu. Die Gäste am Nebentisch, ein Mann und zwei Frauen, die eine älter, aber rüstig, mit schlohweißem Haar, Gold behangen, vermutlich die Mutter oder Schwiegermutter, erhoben sich und strebten dem Ausgang zu.

„Die Freiheit ist nicht greifbar. Aber spürbar. Insofern hat sie mit einem Geist eine Menge gemeinsam." Frau Hagen schmunzelte. Ihre rauchige Stimme passte ausgezeichnet zum Thema. Herr Porz konnte nicht umhin, als über diese intelligente Beschreibung zu lachen. Sie fuhr fort: „Aber können wir mit Sicherheit sagen, ob der Geist permanent anwesend ist?" Frau Hagen erwärmte sich soeben für das doch eher zufällig entwickelte Thema. „Wie ist es mit der Freiheit?"

„Mit der Freiheit?"

„Ja, Herr Porz, mit der Freiheit." Frau Hagen nickte in Richtung seines Tellers. „Lassen Sie nicht Ihr Essen kalt werden. Ich überlege, ob die Freiheit stets präsent ist, der Mensch nur nicht immer von ihr Gebrauch macht. Vielleicht, weil er ihre Existenz bisweilen nicht verspürt, verstehen Sie?" Das ging Herrn Porz für den Anfang zu weit, oder besser: Er war nicht sicher, ob er verstand. Das gab er jedoch nicht zu. Stattdessen stellte er eine Gegenfrage: „Denken Sie denn, dass die Freiheit ein Gefühl ist?"

„Könnte doch sein, oder?"

„Interessant, Frau Hagen. Sehr interessant. Die Freiheit, kein Zustand, aber ein Gefühl." Herr Porz schob sich ein Stück seiner Lasagne in den

Mund und kaute genüsslich, während er Frau Hagen abwartend ansah. Sie nahm einen Schluck Bier und setzte erneut an: „Vielleicht kann sie beides zugleich sein. Ich… nein, nein, nein", sie riss die Hände hoch, in denen sie Messer und Gabel hielt, um Herrn Porz zu hindern, ihren Gedanken zu unterbrechen. Der hielt mit offenem Mund inne. Frau Hagen sammelte sich. „Ich bin jetzt nahezu sicher", sagte sie, „dass das so ist. Aber natürlich bleibt das noch abzusichern." Herr Porz zog die Brauen hoch. ‚Absichern? Nun wird es spannend'. Seine Gesellschaft ließ sich nicht beirren: „Nun, wie ich bereits wagte zu behaupten: Eventuell ist sie stets präsent. Ein Zustand also. Oder doch zumindest in potentieller. Ja. Ja, so muss es sein." Frau Hagen sah auf ihren Teller, hob die linke Hand mit dem Messer zum Zeichen, dass sie keinesfalls unterbrochen werden durfte. Sie aß von der Lasagne. Herr Porz war sprachlos, was selten vorkam. Belustigt ließ er Frau Hagen gewähren. ‚Sie hat Verstand', dachte er und gab dem Ober ein Zeichen. Er zeigte auf sein leeres Glas, dann auf das seiner Gesellschaft. Das genügte dem Ober. Aus irgendeinem Grund hatte er gespürt, dass Worte nicht erwünscht waren und trat kommentarlos ab. Als hätte Frau Hagen darauf gewartet, holte sie erneut aus. Plötzlich schien sie von Eile getrieben, denn der letzte Bissen war noch nicht herunter: „Ein potentieller Zustand. Er muss angestrebt werden. Er muss ausgelöst werden durch ein Gefühl, nicht wahr. Herr Porz", und nun öffnete sie sich wieder, „ich stellte mir vor, dass der Mensch die Existenz der Freiheit nicht verspürt, nicht immer verspürt, mag sein, weil er sich ablenken lässt. Verstehen Sie?"

Herr Porz sinnierte, nickte irgendwann und in der Tat folgerte er logisch zu Frau Hagens Zufriedenheit: „Freiheit verlangt Konzentration. Das ist aber paradox!" Mit säuerlicher Miene rieb er sich die Nase. ‚Zum Teufel mit der Freiheit', fuhr ihm durch den Kopf, und Frau Hagen konterte: „Ein Widerspruch, denken Sie? Weil die Freiheit verlangt? Weil sie verlangt?" Sie entspannte sich, drehte einer plötzlichen Eingebung folgend am rechten Perlenohrstecker.

‚Wer ist diese Frau?', überlegte Herr Porz und merkte selbst nicht, dass er sie nun unentwegt anstarrte. Frau Hagen indes amüsierte sich. Eine Weile hielt sie seinem leeren Blick stand. Dann schaute sie sich weich lächelnd im Speisesaal um. Wehmütig stellte sie fest, dass die meisten Tische inzwischen frei waren.

Herr Porz fühlte sich an diesem inzwischen fortgeschrittenen Abend nicht in der Lage, seiner Neugier Genüge zu tun und all die vielen Fragen zu stellen, die ihm auf der Seele brannten. All die Fragen, deren Antworten ihm diese so außergewöhnliche Sophia Hagen offenlegen würden. Er verspürte Hemmungen. ‚Eine Ablenkung von der Freiheit', ging es ihm auf und er lächelte in sich hinein.

Frau Hagen neigte rätselnd den Kopf. ‚Verschobene Freiheit', beschloss er. Wie war noch mal ihre Frage? Letztendlich ließ er sie unbeantwortet.

Tröstend lächelte er sie an. Auch er sah sich nun um.

„Meine liebe Frau Hagen, Sie müssen mir erlauben, sie einzuladen."

Frau Hagen deutete diese Äußerung als erstes Anzeichen zum Aufbruch. Sie war eigenständig, konnte aber dennoch keinen Sinn darin erkennen, warum man sich darüber streiten sollte, wer eine Rechnung bezahlt. Ohne Murren stimmte sie also zu, machte dann doch noch zur vielsagenden Bedingung, dass sie das nächste Essen übernehmen würde. So war es also abgemacht, und Herr Porz war erleichtert.

-8-

Auf dem Weg zum Fahrstuhl konnte Frau Hagen nicht umhin, das große Thema des Abends noch einmal aufzunehmen: „Vielleicht streben wir so sehr nach Freiheit, eben, weil sie sich nicht so billig verkauft, Herr Porz. Aber bedenken Sie doch, dass sie zwar verlangt, aber nur verlangt, dass wir die vielen Dinge ausblenden, die uns daran hindern, frei zu sein."

Nun blieb Herr Porz abrupt stehen. Frau Hagen war schon einen Schritt voraus, als sie sich zu ihm umwandte. Aus einiger Entfernung beobachtete der Concierge Emil Hansen, wie Herr Porz der Dame eine Hand auf die Schulter legte und den Blick zu Boden wandte. Offenbar überlegte er, sah die Dame dann aber angestrengt an und sprach auf sie ein.

„Meine liebe Frau Hagen", setzte er zur Frage an, „aber ist es denn nicht ebenso Freiheit, sich dafür zu entscheiden, diese Dinge zu tun, die Sie soeben auszublenden fordern?"

„Unbedingt, Herr Porz. Unbedingt. Nur, dass ich nicht fordere. Und das ist der Punkt. Genau genommen fordert auch die Freiheit nicht. Sie ist schließlich nicht greifbar." Sie standen schweigend im Gang, bis Frau Hagen sagte: „Wissen Sie, was ich denke?" Herr Porz nahm die Hand von ihrer Schulter und zog sie sanft in Richtung Fahrstuhl.

„Ich denke, dass Freiheit ein viel zu leicht rausgehauenes Wort ist. Entschuldigen Sie bitte das derbe Wort. Aber es verdeutlicht, was ich meine. Der

Begriff Freiheit ist viel zu kompliziert, zu komplex, als dass man ihn an einer Sache festmachen kann."

„So?" Herr Porz rieb sich das Kinn und drückte die Taste, um den Fahrstuhl anzufordern.

„Ja", fuhr Frau Hagen fort, wobei sie in ihrer Gewissenhaftigkeit ernst wirkte, „nicht Jeder findet seine Freiheit in der Ungebundenheit."

„Stimmt. So weit war ich heute auch schon."

Eine Weile standen sie schweigend in der Fahrstuhlkabine nebeneinander. Herr Porz beobachtete sich zufrieden im Spiegel. Frau Hagen betrachtete die Decke.

„Ich, zum Beispiel, erlaube mir die Freiheit, pflichtbewusst zu sein. Herr Porz, was halten Sie davon?"

„Haha, Frau Hagen, ist dies Ihre Einstellung, oder ist das als rhetorische Frage zu verstehen?"

„Na ja. In gewisser Weise sogar beides." Frau Hagen tat belustigt. „Ich bin aus Überzeugung pflichtbewusst. Das trifft auf mich zu. Erstens. Zweitens: Es entspricht meiner Einstellung, dass Pflichtbewusstsein auf einer freiheitlichen Entscheidung basiert."

„Interessant", bemerkte Herr Porz, als sie den Fahrstuhl verließen. Ein Herr mit gezwirbeltem Schnäuzer stand in Begleitung einer pummeligen Dame vor der Tür. Sie warteten, dass sie eintreten konnten.

Herr Porz setzte neu an: „Wir sprechen meinetwegen von Entscheidungsfreiheit, nicht wahr?"

„Wo Sie dieses Wort gebrauchen", Frau Hagen

fasste sich an die Stirn, „Herr Porz, sehen Sie denn nicht? Es könnte…, nein, es muss so sein, dass in diesem Wort… Ja, mein Gott: Entscheidungsfreiheit! Darin steckt das ganze Geheimnis. Entscheiden können. Selbst und eigenverantwortlich entscheiden können. Das ist Freiheit." Sie strahlte.

‚Interessante Frau. Donnerwetter', schoss es Herrn Porz durch den Kopf, bevor man sich auf der Etage voneinander verabschiedete. Herr Porz, der ein Mann von der alten Schule war und es als selbstverständlich ansah, im Restaurant für die Frau die Rechnung zu übernehmen, erinnerte entgegen seiner Neigung Frau Hagen an ihre Bedingung. Er scherzte sozusagen drum herum, wollte nichts anderes ausdrücken, als seinen Wunsch, sie wiederzusehen. Irgendwann. Ob sich am nächsten Tag, seinem letzten auf der Insel, die Gelegenheit ergeben würde, war nicht abzusehen. Alles hing vom Verlauf seiner Verhandlung mit Malcolm Brannagh ab.

Unentschlossen stand er auf dem Flur, während Frau Hagen ihn anlächelte. Er wusste sich keinen Rat, fasste an die Brusttasche, um eine Visitenkarte zu überreichen, unterließ es aber. ‚Zu geschäftlich', entschied er früh genug. „Nun, Frau Hagen, für den Fall, dass wir uns Morgen nicht mehr über den Weg laufen sollten: Ich hinterlasse Ihnen meine Telefonnummer an der Rezeption. Was denken Sie?"

„Ich werde danach fragen."

„Bestimmt?"

„Was denken Sie? Ich muss erfahren, ob es neue Erkenntnisse zum Thema Freiheit gibt." Frau Hagen legte den Kopf auf die Seite und schaukelte geziert in der Hüfte, was ihr ein dröhnendes Porzsches Gelächter einbrachte.

„Pssst", warnte Frau Hagen mit dem Zeigefinger am Mund. Herr Porz erstarrte mit offenem Mund. Und dann geschah etwas, auf das er nicht vorbereitet war. Frau Hagen trat an ihn heran und küsste ihn auf den Mund. Ihr Parfüm war betörend, hüllte ihn wie Nebel ein. Viel zu schnell war der Kuss vorbei, viel zu flüchtig. Da hatte sich Frau Hagen abgewandt und entfernte sich. Nach wenigen Schritten wandte sie sich noch einmal um, schritt in Rückwärtsbewegung weiter, während sie dem perplexen, bewegungslosen Herrn Porz zurief: „Danke für den schönen Tag. Gute Nacht, Herr Porz."

„Gute Nacht", flüsterte er überwältigt und wedelte Frau Hagen mit der rechten Hand hinterher. ‚Oh, wie lächerlich', schimpfte er sich und riss mit der linken Hand die rechte herunter. Frau Hagen sah das nicht. Längst hatte sie sich wieder umgedreht. Sie schritt den Gang entlang und war damit beschäftigt, ihren Zimmerschlüssel in ihrer Handtasche zu suchen.

Herr Porz kam zur Besinnung: ‚Wat füür e lecker Mädsche' dachte er noch einmal kopfschüttelnd, da stand er vor der Tür zu seinem Zimmer.

‚Entscheiden können ist Freiheit', nahm er sich noch einmal Frau Hagens Worte vor. Er starrte die dunkle Zimmertür an, bis die Holzmaserung

Bewegung aufnahm. ‚Ja, Ottmarchen, soweit warst Du heute auch schon. Muss was dran sein'. Er lächelte. ‚Muss aber noch abgesichert werden. Haha. Köstlich'.

Plötzlich tauchte er aus dem Nebel auf. Allmählich verflüchtigte sich die Parfümnote, die er noch in der Nase gehabt hatte. Für einen Moment überkam ihn gar Traurigkeit. „Verschobene Freiheit", sagte er leise vor sich hin und kam sich mutig vor, als er unwiderruflich entschied, dass er Frau Hagen beim nächsten Mal Löcher in den Bauch fragen würde. ‚Sophia Hagen aus Wardenburg. Wer bist Du?', fragte er sich, drehte endlich den Schlüssel und verschwand in dem schwarzen Loch zu seinem Zimmer.

***

Quellenhinweise:

S. 56
Bei der Erwähnung des österreichischen Sängers
ist die Rede vom Liedermacher Georg Danzer.
Die Anspielung bezieht sich indes auf Textzeilen
in einem seiner Lieder mit dem Titel „Freiheit"
(Album: Feine Leute)

MIX
Papier aus verantwortungsvollen Quellen
Paper from responsible sources
FSC® C105338